RÉFUTATION

DE QUELQUES ARTICLES

DES

MÉMOIRES

DU DUC DE ROVIGO;

PAR

LE M^{IS} DE GROUCHY.

Première Lettre.

PARIS.

CHEZ FIRMIN DIDOT FRÈRES,

LIBRAIRES, RUE JACOB, Nº 24.

1829.

LE M^{IS} DE GROUCHY

AU DUC DE ROVIGO.

Paris, le 15 mars 1829.

PERSUADÉ à l'avance, monsieur le Duc, que tout ce qui émanerait de votre plume porterait l'empreinte du caractère moral et politique qui vous a acquis une si déplorable célébrité, je n'avais eu nul désir de lire vos Mémoires; et ce n'est que lorsqu'un de mes amis, le général Lamarque, m'apprit il y a quelques jours que vous y aviez essayé de ternir ma vie militaire et privée, que je me les suis procurés.

De quelque poids que puisse être la manière de voir d'un officier général, assez habile appréciateur de la vérité et des convenances pour avancer que des calculs d'intérêt et de

sûreté personnelle (1) ont servi de règle à ma
conduite, et motivé les mouvements que j'ai
fait faire aux troupes sous mes ordres, je
ne réfuterai point aujourd'hui ses argumen-
tations stratégiques : l'opinion publique ne
sanctionne les jugements que lorsqu'ils s'ap-
puient sur des données exactes et des faits
vrais; et ce n'est point à des sources impures
ou empoisonnées que l'impartiale histoire va
puiser des documents. Je me bornerai donc
en ce moment, monsieur le Duc, à démentir
celles de vos inculpations qui ont trait aux
premières années de ma vie, trop peu intéres-
sante pour que je me fusse jamais permis
d'appeler sur les détails que vous me mettez
dans le cas de donner, l'attention de qui que
ce soit, si je ne regardais comme du devoir
de l'honnête homme de signaler la calomnie,
lorsqu'elle se montre avec autant d'assurance.

Lieutenant d'artillerie en 1779, capitaine
de cavalerie en 1784, et officier supérieur
dans les gardes-du-corps en 1787, j'en sortis
en 1791 pour rentrer dans la ligne, repous-
sant toute idée d'émigration, et déterminé à

____

(1) Tome VIII, pages 114, 116 et 117.

défendre le sol et l'indépendance de la France, que tout annonçait devoir bientôt être menacés. Je n'étais donc plus, à l'époque de la révolution, ce jeune homme imberbe dont le rapide avancement eût quelque chose d'étonnant, et pût être attribué à des causes peu honorables (1). Je commençai la guerre à la tête de mon régiment, qui faisait partie de l'armée du Centre; et ayant été nommé maréchal-de-camp, non à l'ancienneté (2), mais après les affaires de Philippeville et de Grisoüelle, je fus envoyé à l'armée du Midi, pour y commander la cavalerie. En 1793, je reçus ordre de me rendre dans la Vendée. Douloureusement affecté d'avoir à faire cette cruelle guerre, je ne redoutai cependant point de paraître sur un théâtre d'où tant de généraux ne descendaient que pour monter sur l'échafaud. En des temps d'exaltation politique, le sacrifice de la vie coûte peu à qui regarde comme sacrée la cause à laquelle il s'est voué. Les Marceau, les Kléber, les Beaupuy, les Sainte-Suzanne, combattaient dans les mêmes rangs que moi; et si des lauriers

____

(1) Tome VIII, page 123. — (2) Tome VIII, page 124.

teints du sang français se transformaient pour nous en tristes cyprès, quoi que vous en puissiez dire, monsieur le Duc (1), ils n'étaient pas cueillis sans péril et sans gloire.

Élevé au grade de général de division à la même époque que Moreau, Saint-Cyr, Masséna, Soult, et quelques autres grandes notabilités militaires, je fus peu après éloigné de l'armée comme noble. Des blessures et de constants succès (les attestations des représentants du peuple près l'armée, que j'ai entre les mains, en font foi) me valurent de passer tranquillement dans mes foyers la plus sanglante époque de la terreur. Renvoyé dans l'Ouest après la chute de Roberspierre, j'y rencontrai Hoche, qui, à sa sortie des cachots, où l'avait plongé le comité de salut public, venait d'être nommé général en chef de l'armée des côtes de Cherbourg. Des liens d'estime et d'amitié ne tardèrent pas à nous unir : il ne fallait pour cela ni dextérité, ni flexibilité de caractère, ni un républicanisme, ou une exagération de principes que je n'eus jamais (2). Il suffisait que nous fussions animés des mêmes sentiments, l'amour

(1) Tome VIII, page 126 — (2) Tome VIII, page 125.

de la patrie, la haine de la tyrannie populaire, et l'appréhension que le despotisme d'un des chefs de l'armée ne vînt peser un jour sur la France.

Lorsqu'en 1795, Canclaux qui commandait l'armée de l'Ouest, dont j'étais chef d'état-major, affaibli par l'âge, dut se retirer, je fus nommé général en chef de l'armée des côtes de Brest. Une juste défiance de mes forces, et ma manière de voir sur le mode le plus propre à terminer la guerre civile, me portèrent à refuser ce commandement : je crus à-la-fois remplir un devoir envers l'amitié et mieux servir mon pays, en conseillant de confier aux mains de Hoche la masse réunie des trois armées qui jusqu'alors avaient agi séparément dans l'Ouest. Les événements ne tardèrent pas à justifier mes prévisions, et c'est à tort, monsieur le Duc, que vous assignez des motifs (1) peu nobles à mon refus du poste élevé où, si jeune encore, je me voyais appelé. Le régime de la terreur n'existait plus ; le Directoire destituait les généraux, mais ne faisait point tomber leurs têtes : et il faut être bien étranger aux mobiles

(1) Tome VIII, page 125.

qui m'ont fait agir, pour les dénaturer ainsi que vous le faites.

Je n'ai point à regretter d'avoir coopéré à la sanglante catastrophe de Quiberon : j'étais alors employé sur un autre point de la Bretagne.

Vous prétendez, monsieur le Duc, que j'eusse dû être traduit devant un conseil de guerre, à l'occasion de l'expédition d'Irlande (1). Si, avant de m'accuser, vous eussiez cherché à vous procurer de véridiques renseignements, vous sauriez que son insuccès fut le résultat de causes qu'il était hors de mon pouvoir de vaincre; les éléments, et l'opiniâtre résistance du général de mer, qui n'était point placé sous mes ordres, à toutes mes réquisitions. Vous sauriez encore que, séparée par le gros temps du reste de la flotte, dès sa sortie de Brest et poussée par les vents jusques en vue du banc de Terre-Neuve, la frégate que montait Hoche n'atteignit ni les côtes d'Irlande, ni la baie de Bantry; que je n'y parvins qu'avec une partie de l'armée, le 1er décembre, à la chute du jour; que, sans compter combien

____

(1) Tome VIII, page 126.

nous étions, je donnai immédiatement l'ordre du débarquement, et que tout se préparait pour l'effectuer, lorsque, vers les sept heures du soir, une violente tempête fit chasser sur leurs ancres et périr plusieurs des vaisseaux mouillés à l'entrée de la baie. Dans l'appréhension sans doute d'un pareil sort, le général de mer donna le signal de couper les câbles et de gagner le large. Prières, instances, menaces, rien ne put le déterminer à retourner à Bantry et à chercher à rallier sa flotte. Il rentra à Brest, où sa destitution, incessamment prononcée, constata à qui appartenait la culpabilité d'une telle résolution. Sans moyens coercitifs pour le forcer à m'obéir, simple passager sur son bord, et n'ayant été investi par le Directoire, qui n'avait point prévu que les généraux en chef de terre et de mer perdraient la flotte et l'armée, d'aucune instruction ni d'aucun ordre, qui plaçassent la marine sous mon commandement, quels reproches peuvent m'être faits? et ne faut-il pas être tourmenté par le génie du mal et le besoin de nuire, pour avancer que tout autre gouvernement que celui d'alors eût fait tomber ma tête! Plus juste, il accueillit le vœu que j'avais tant

de fois exprimé d'aller combattre les ennemis
extérieurs. Je fus envoyé sur le Rhin, et plus
tard en Italie. J'y négociai, appuyé de quelques bataillons, l'abdication du roi de Sar-
daigne, qui valut à la France l'occupation du
Piémont et de ses forteresses, si importantes
pour elle au moment où la seconde coalition
rallumait les feux de la guerre. L'heureux succès de l'opération dont m'avait chargé Joubert
me fit donner par le Directoire le commandement en chef du pays dont j'avais préparé
la réunion à la France.

Après les revers du général Schérer, Moreau
l'ayant remplacé dans le commandement de
l'armée d'Italie, m'appela près de lui. A la tête
d'une de ses divisions, je le secondai dans l'habile retraite qui facilita le retour de l'armée de
Macdonald et préserva nos frontières me-
nacées.

Couvert de blessures, et fait prisonnier à
Novi, je ne revis la France qu'après Marengo.
Moreau, qui commandait l'armée du Rhin,
m'en réservait une des plus belles divisions.
J'allai en prendre la direction, et me montrai
digne d'elle à Hohenlinden, au passage de
l'Inn, et aux autres affaires de cette glorieuse

campagne. (Les ordres du jour et les lettres de félicitation de Moreau m'autorisent à parler ainsi.)

Depuis cette époque, monsieur le Duc, ma vie militaire se trouve liée à des événements auxquels le génie de Napoléon a assuré tant d'éclat et de tels résultats, que leur notoriété, me venge assez de votre malveillant silence ; il ne saurait me déshériter de la faible part que j'ai pu avoir à plusieurs des faits d'armes de ces époques mémorables ; mais vos assertions, quant à mes principes politiques et aux causes qui me valurent celles de mes récompenses militaires que j'ai dues à Napoléon, sont trop injurieuses et trop erronées pour que je ne les fasse pas apprécier à leur juste valeur.

Jamais je ne me suis attaché à la fortune ou au char de Murat (1). Loin de là, j'ai refusé (ses lettres que je conserve le prouvent) toutes les places qu'il m'offrit à la cour ou dans son armée : je ne lui ai dû ni un grade, ni une décoration. Friedland et Wagram, où il n'était point, me valurent le grand-aigle de la Légion-d'Honneur et la charge de colonel-

____

(1) Tome VIII, page 127.

général des chasseurs; mes manœuvres et opérations militaires pendant la campagne de France, en 1814, le bâton de maréchal. (Mon brevet, délivré en 1815, détaille les titres que me reconnaissait l'empereur à cette dernière récompense, et n'y comprend ni la déroute des troupes du général Debelle, près Montélimart, que vous prenez apparemment pour un succès, et qui avait eu lieu avant que je fusse envoyé dans le Midi, ni aucune des mesures qu'il m'était ordonné d'y prescrire.)

Pourquoi essayez-vous (1), monsieur le Duc, de faire prendre le change sur le compte de certains hommes, dont j'ai dû parler avec amertume dans ma réfutation de l'ouvrage du général Gourgaud? Assurément, je n'ai entendu désigner ni le malheureux Murat, dont j'ai autant honoré la brillante valeur et le caractère chevaleresque que déploré la cruelle fin, ni ceux des lieutenants de Napoléon dont les talents et les importants services reçurent toujours de moi le tribut d'éloges et d'estime, qui leur est justement dû. Auriez-vous craint d'être reconnu, au portrait que j'ai tracé de ces courtisans am-

(1) Tome VIII, page 127.

bitieux et atrabilaires, pour lesquels la patrie
ne fut rien, et le chef du pouvoir fut tout; dont
les adroites adulations et les rapports, calculés
pour plaire et non pour éclairer, empêchèrent
trop souvent le jour de la vérité d'environner le
grand homme dont l'une des faiblesses fut de
ne point assez se soustraire à leur funeste in-
fluence? Partisans intéressés du pouvoir absolu,
durs, et plus d'une fois sanguinaires agents
d'un chef qui n'avait ni propension ni avan-
tage à le devenir, vous avez fini par aliéner
de lui le cœur des Français, vous avez étendu
une teinte de perfidie sur sa politique, et coopéré, en rendant plus pesante l'occupation des
États conquis par ses armes, à la grande croi-
sade de l'Europe contre ma patrie. Combien
je vous sais gré, monsieur le Duc, d'avoir, en
réimprimant (1) dans votre ouvrage l'expres-
sion de mon éloignement et de mon aversion
pour des êtres si funestes à la France et à Napoléon, assuré la durée du jugement sévère
que je m'honore d'en avoir porté! car, si toute
production revêtue du cachet du libellisme et
de la passion est bientôt vouée à l'oubli,

____

(1) Tome VIII, page 128.

la vôtre aura le fâcheux honneur d'échapper
à ce sort mérité; et l'indignation excitée
par le scandale des outrages que vous prodi-
guez à tant de nobles caractères, sera non-
moins durable que le ridicule dont vous vous
êtes couvert, et la pitié que vous avez fait
naître, en proclamant l'infaillibilité de Napoléon, en taxant de sacrilége l'opinion qu'il
a quelquefois erré dans l'arène politique et
même sur des champs de bataille, et en lais-
sant percer, dans la plupart des pages de
vos volumineux mémoires, la modeste pensée
qu'il eût brillé d'un éclat sans tache, s'il n'eût
été servi que par des hommes tels que le
bénévole spectateur de l'assassinat du duc
d'Enghien, le valeureux chef de la police
de l'empereur, son utile champion dans tant
de combats, le seul enfin qui, en ces temps
fertiles en hautes illustrations et en grands
talents, ait constamment fait preuve d'habi-
leté, d'honneur, d'abnégation de lui-même,
de fidélité, de dévouement; et quel dévouement que celui dont, nouveau Séide, vous
donniez si bien la mesure, en me disant, dans
le palais du prince de la Paix à Madrid, que
si l'empereur voulait se défaire de moi, vous

n'hésiteriez pas un instant à me plonger un poignard dans le corps, dussiez-vous m'en frapper par derrière, pour être plus sûr de remplir ses intentions.

Il est aussi difficile que peu désirable, monsieur le Duc, de rivaliser avec vous, quant à la trempe du caractère, à la nature et à l'éclat des services. Toutefois l'officier-général, qui compte vingt-deux campagnes, quinze blessures, et qui a assisté à plus de deux cents combats ou batailles, ne craint point que l'on revise (1) sa vie militaire, et il a droit d'affirmer que sa carrière politique n'a été flétrie ni par de la servilité, ni par de la souplesse, ni par aucune déviation des principes qu'il a adoptés en 1789, celui qui s'est prononcé contre le 18 brumaire et le consulat à vie; qui a quitté l'Espagne, et est rentré dans ses foyers, au risque de perdre son état, plutôt que de demeurer témoin ou acteur dans le développement de combinaisons politiques dont les premières directions, influencées par vos rapports constamment en opposition avec les siens, ne lui avaient que

____

(1) Tome VIII, page 128.

trop fait pressentir les fatales conséquences;
et qui, croyant ne devoir servir que contre
l'étranger un gouvernement qui marchait à
grands pas vers l'usurpation de tous les pou-
voirs, n'a désiré aucune place dans la maison
de Napoléon (deux fois il lui en a été offert
par le duc de Vicence), et a décliné sa no-
mination au sénat, lorsque le grand-duc de
Berg lui annonça de la part de l'empereur
son intention de l'y faire entrer.

Loin qu'il y ait manqué d'égards, bassesse
et ingratitude (1) à repousser le blâme de
fautes militaires qu'il n'a pas commises, à assi-
gner à la perte de la bataille de Waterloo des
causes qui lui ont paru ressortir de combinaisons fausses, et à improuver plusieurs des actes
du gouvernement impérial, il y aurait faiblesse
et lâcheté de sa part à taire sa manière de voir
et ses titres à une juste appréciation de sa vie
par ses concitoyens. En dépit de vos perfides
insinuations, ils reconnaîtront qu'il n'a dé-
gradé à aucune époque l'indépendance de ses
opinions et de son caractère; qu'il a loyale-
ment et fidèlement servi de son épée le chef

_____

(1) Tome VIII, pages 117 et 130.

d'un gouvernement légitimé long-temps par l'assentiment de la majorité des Français et la reconnaissance de l'Europe : et peut-être penseront-ils qu'il y eut plus de mérite qu'un autre, puisque les récompenses qu'il en obtenait ont pu lui paraître tardives, et qu'il était constamment en proie à de douloureuses anxiétés quant aux destinées que Napoléon préparait à la France, éloignée alors de prévoir que sur les débris du trône impérial s'élèverait une charte constitutionnelle qui la consolerait d'être descendue du haut rang où elle s'était placée dans l'échelle des puissances européennes.

LE M^{IS} DE GROUCHY.

IMPRIMERIE DE FIRMIN DIDOT
IMPRIMEUR DU ROI, RUE JACOB, N° 24.